El atardecer del último día de otoño

Corazones Entrelazados, Volume 4

Eli Key

Published by Eli Key, 2024.

This is a work of fiction. Similarities to real people, places, or events are entirely coincidental.

EL ATARDECER DEL ÚLTIMO DÍA DE OTOÑO

First edition. March 21, 2024.

Copyright © 2024 Eli Key.

ISBN: 979-8224923939

Written by Eli Key.

A Dios por el talento otorgado. Al sueño desbordante de amar
sin prejuicios.

EL ATARDECER DEL ÚLTIMO DÍA DE OTOÑO

Corazones entrelazados 4

Eli Key

Eli Key

Esta es una obra de ficción. Las similitudes con personas, lugares o eventos reales son totalmente coincidentes.

EL ATARDECER DEL ÚLTIMO DÍA DE OTOÑO
Primera edición. Marzo 21, 2024.
Copyright © 2024 Eli Key. Escrito por Eli Key

Contenido

"Como la mañana había estado hermosa y sin humedad en el aire, Marianne, con sus proyectos de pasar la mayor parte del tiempo afuera, no pensó que el clima podría cambiar durante su permanencia en Cleveland. Fue una gran sorpresa, entonces, encontrar que una tenaz lluvia le impedía salir después de la cena. Había confiado en un paseo vespertino al templete griego, y quizá por todo el lugar, y un anochecer nada más que frío o húmedo no la habría disuadido; pero una lluvia densa y persistente ni siquiera a ella podía parecerle un clima seco y agradable para una caminata."

(Sentido y Sensibilidad —Jane Austen)

PRÓLOGO

Los cielos están abiertos. La lluvia desciende con un flojo mareo del viento. Zigzaguea, oscila, trémula, visible y fría. Es otoño, y las calles se hallan desiertas. Es domingo, y es el primer día de la semana o un día más para otros.

Las personas luego de despertar, y avanzar durante todo el día en sus actividades; cuando las horas declinan hacia el crepúsculo, invariablemente, regresan para tomar su merecido descanso al abrigo de sus hogares. Los cuencos de las horas silencian los ecos del continuo martillar de los péndulos, y eso es algo que no importa, tampoco sirve; porque nada puede detener el paso del tiempo. No hay conclusión solo etapas finales, instantes declarados en todas las lenguas.

Los oasis del destino murmuran descontentos acerca de ciertos hechos relacionados al romance salvaje y al solícito amor. También la amistad lo hace, porque sin ella es imposible entablar lazos que a su vez generen encuentros, algunos duraderos, otros breves o simples bosquejos de algo que pudo haber sido, pero no lo fue, y que, sin éxito, se extraviará en el olvido.

¡Lo triste de todo es que, en reiteradas ocasiones, esa experiencia cuesta negarla!, sin embargo, en tiempos de miseria sentimental, solo permanece la integridad de asistirnos con la esperanza de hallar una oportunidad que pueda enriquecernos nuevamente con lo mejor del amor.

CAPÍTULO 1

Caía el atardecer, y la muchacha de preparatoria, de rostro anguloso y ojos marrones claros, con nariz de botón, y una barbilla adecuada a su rostro; de tez clara, y cabellos enmarañados de color negro: distinguía el crepúsculo desde el lado opuesto de su ventanal, tan claro, locuaz y sin depender de las manecillas del reloj.

La joven estudiante colocó su rostro sobre el vidrio y soltó el aire que estaba detenido en su boca, plegando el aliento tibio que terminó por empañar el sitio donde se hallaba.

—Vamos, dime la hora, —dijo en voz alta—. Tú, viejo del tiempo y del reloj desgastado y abandonado, ¡dime la hora y el día en el que habré de encontrar mi amor!

La noche la sorprendió temprano en su habitación, se extendió a lo largo de su cama y pasó las manos por detrás de su cabeza.

—Bien, hoy no ha sido la gran pérdida. Y mañana, no escatimaremos esfuerzo, porque... de seguro tendré una total y absoluta concentración para enfrentar el desafío.

Al día siguiente, el ritual de todas las mañanas. Paseó su mirada por el reflejo del cristal y sonrió de un modo sensual.

—¿Quién es esa niña que me ve? Oh sí, la conozco. La atractiva, y bien delineada Tess, una visionaria capaz de alcanzar las mejores notas en la escala musical. ¡A desayunar!

Cereales y leche, algo de jugo de naranja, un poco de esto, otro poco de aquello.

Su madre la observó con ojos comprensibles. Su hija estaba dejando de ser una niña. La adolescente que ahora contemplaba, denotaba rasgos un tanto presumidos e independientes. Estaba creciendo sin lugar a dudas, lo hacía, dejando atrás los juegos de aquella traviesa chiquilina con la tanto había disfrutado. Ahora, en cambio, dicha niña de sonriente semblante y hasta algo rebelde, se encontraba adentrándose a otro mundo diferente, uno más complejo; quizás prometedor y hasta incierto. Suspiró resignada, y ese suspiro quizá, dolió un poco.

La muchacha recogió su mochila de cuero, de color rojo y negro, comió un trozo de manzana, y después de darle un beso a su madre, partió en busca de lo que sería una historia interesante.

A bordo de su Triumph recorría las calles absorbiendo el bienestar del nuevo día. Y tras recorrer las calles, dio con la dirección buscada. Una típica casa del siglo diecinueve, más bien sencilla, similar a la de las historias las cuales solía leer.

Existía una razón de porque Tess se encontraba justo en este preciso lugar. Dos días antes, se había liado en una trifulca con una de las chicas populares.

¿Su contrincante? Una presumida fanfarrona —como gustaba llamarla—, de rostro agrio, ojos medio rasgados y de contextura elástica, de tez trigueña y aspecto insolente.

Esa querella, prepotente y audaz, fue la razón de su castigo. Su rival en cuestión, narcisista y con algunos problemas psicológicos, no tuvo reparos en combinar puñetazos y halones de cabellos con ella.

Dicha energúmena, había estado molestando a Anelka, una tímida estudiante de intercambio. Pues bien, he aquí la heroína del día —es decir Tess— decidió salir en su defensa. No soportó las bravuconerías y enfrentó a la abusiva. Discusión va, discusión viene. Tess le estampó su puño derecho en el rostro de la anarquista. Después de lo cual, dio inicio la batalla. La pelea fue encarnizada, los golpes fueron y vinieron, y demás está decir, que Tess se llevó la peor parte.

Horas más tarde, luego de dejar la enfermería, fueron con la directora, una mujer de álgebra con aspecto de "dame cien lagartijas y piérdete". La mencionada mandamás, las miró fijamente.

—Señoritas —dijo con sus codos apoyados sobre su buró—, en vista de la inoportuna y censurada acción cometida por ambas. He de disponer, en calidad de un buen criterio, el proporcionarles un par de castigos los que, por supuesto, serán a elección por parte de ustedes. Uno: ir a esta dirección y colocarse a las órdenes de cierta persona encargada de ese lugar. Dos: pintar el extremo sur del gimnasio de baloncesto a cargo del profesor Steve, entrenador que ya conocen. Y tres: suspensión de sus clases con lo cual perderán la oportunidad de culminar el año. ¡Elijan por favor!

Los ojos de la recién llegada, inspeccionaron el mencionado sitio. La edificación, establecida a mitad de una colina. Rústica, con gruesas paredes y de dos pisos, sin amplios ventanales y con un jardín bien cuidado; dejaban a la vista que sus habitantes denotaban atención y cuidado por la casa.

La joven pretoriana, golpeó las manos seguido de un: ¡Hola!

Al tiempo, una delgada y agradable mujer de unos veinte y tantos, tal vez cerca de los treinta, salió a recibirla. La dueña de casa, irradiaba jovialidad, buen sustento, y una sonrisa que invitaba a la cordialidad. Sus ojos grandes y negros la enmarcaban como alguien provisto de un sutil tacto e inteligencia, asimismo, su rostro de un vivo atractivo, de seguro le hacían merecedor de algunos elogios por parte de los hombres. Su tez clara y mejillas definidas en frecuencia agradables, formaban un delicado contorno en relación a sus labios, moderados y sensuales.

—Tú debes ser Tess, ¿verdad? Camile llamó diciendo que vendrías —su prudente y locuaz forma de hablar, recordaban mucho a Camile, la directora del colegio donde cursaba Tess.

—Esa misma —respondió con una sonrisa.

—Mi nombre es Chelisya, Puedes comenzar juntando las hojas secas de los alrededores de mi casa. Luego veré que otra tarea te asigno.

— ¿Disculpe? —contestó intrigada y molesta— ¿Ese será mi castigo?

Chelisya colocó sus manos en la cintura, y afirmó con voz de mando.

—Señorita Tess, aclaremos algo, si Camile la ha escogido para venir aquí, es porque sabe que usted asumirá el compromiso de cumplir con las tareas asignadas a este lugar. En todo caso, si no resulta ser de su agrado personal, puede regresar y hablar con su directora, y que ella le proporcione otro tipo de castigo afín a sus requerimientos.

—No, no quise decir eso. Lo siento. Juntaré las hojas.

—Bien, nos entendemos entonces, las herramientas se encuentran en el cobertizo de atrás.

Advenediza y arrogante, Tess, se las ingenió para no tener ningún tipo de inconvenientes. Fue así que los días se sucedieron sin ningún tipo de problemas.

Un viernes, después de una semana y media de trabajo voluntario, Chelisya la llamó antes de terminar con el arreglo de una verja.

—Señorita Tess, debe marcharse. Su trabajo ha concluido. Veré que Camile sea informada de su buen comportamiento.

— ¿De verdad, lo dice? —respondió sorprendida la aludida.

—No le quepa la menor duda.

Chelisya de brazos cruzados en el umbral de la puerta de su casa, la vio alejarse tarareando una conocida canción.

«Los jóvenes de hoy, solo presumen. Son engreídos y creen poder llevarse a todos por delante. Cierto, que no son todos. Pero esa minoría termina por dañar a otros.»

La existencia de Chelisya en esa región del planeta era solo conocida por Camile.

Varios meses atrás, luego de haber experimentado el amor con un sencillo hombre de su misma edad, un incidente poco particular, los separó a ambos con tal brusquedad, que resintió la vida de Chelisya.

Y lo que sucedió, lo hizo en un país distante, muy lejos de donde se encontraba ahora, al otro lado del océano.

Su condición actual, la impulsó a recluirse lejos de su verdadero hogar, y en su carácter de escritora, movida por su valor de no dejarse arrebatar por el fuego de la desesperación, se contactó con Camile, quien la invitó para que viniera a este país y se "perdiera un poco", por decirlo de algún modo, para que dejara de pensar en lo ocurrido con su prometido. También le sugirió, que relatara su historia a un periodista de su confianza. Puede que, al dar a conocer su infortunio, algo en el eje del universo se moviera a su favor.

A todo esto, Camile ya había hablado con Nátaly Campbell del Boston Globe, una joven mujer de rasgos graves, a quien le interesó muchísimo la idea de entrevistar a Chelisya. Conocía su trabajo como escritora, y lo reacia que era para conceder entrevistas. Esto sin lugar a dudas, representaba una gran oportunidad para ella.

Y ese viernes por la tarde, habiendo despedido a la insurgente promotora de la pubertad, empujada por la incertidumbre de su vida, se contactó con la periodista.

—Señorita Campbell, soy Chelisya, si quiere, puede venir mañana sábado al lugar donde resido, y le contaré una historia. Tal vez no sea digna de publicarse en un libro, pero quizás llegue a interesarle, ¿le parece?

—Por supuesto, Chelisya. He estado esperando este momento con gran expectativa.

—Muy bien. Le enviaré mi dirección, entonces.

—Allí estaré. Gracias de nuevo.

—Hasta pronto.

«Puede que sea la catarsis que necesito —pensó, tras colgar el teléfono—. O puede que solo sirva para remover todavía más mi herida y me sienta peor por hacerlo.»

Se sentó frente a la ventana, y bebió de su taza de té con canela y limón, mientras observaba el trajín de algunos peatones que caminaba absorbidos en sus momentos personales, y al atardecer que se desdibujaba tras los enormes edificios. Sus pensamientos le trajeron el recuerdo de su hogar. Un par de lágrimas se desprendieron de sus ojos.

En el día establecido, la periodista se encontró con la entrevistada.

—Camile le habrá hablado acerca de mí, ¿verdad? —mencionó Chelisya.

—Sí, aunque debo aclarar que he seguido su trabajo y por tal motivo, me honra estar aquí con usted.

—Gracias. Ahora, y antes de comenzar. Déjeme decirle, que solo quiero dar a conocer, una parte de mi vida, sin involucrarme en los pormenores que significó, el perderme en los términos que rodeó mi relación amorosa.

—Soy consciente de su experiencia como autora —repuso—, y de la seriedad con la que interpreta la vida, por lo que, no podría estar más de acuerdo con su propuesta, señorita Chelisya.

—My considerado de su parte. De acuerdo —agregó sentándose sobre un sillón de cuero de tonalidad verde—; Ralph, ese es su nombre. Él había leído parte de mi trabajo autobiográfico. Y por aquel entonces, mis escritos luego de ser publicados en una reconocida editorial de mi ciudad, alcanzaron cierta fama mundial. A pesar de ser favorecida con este tipo de reconocimientos, resolví permanecer en el anonimato. ¿La cuestión? No deseaba perturbar la tranquilidad de mi familia. Verá... Junto a mis padres y mis hermanos, vivíamos en el mismo lugar, y al decir lugar, me refiero a nuestro hogar. Manteníamos nuestro tiempo, como si fuese un devocional aplicado solo a nuestros intereses, plácidos y provistos de cálidos instantes.

>>La serenidad significaba una idea similar a una bella y cariñosa hada que impedía marchitarnos. Nos agradaba la lectura, y en un atisbo de tan diligente práctica, me veo en la tarea de remarcar el afecto, y la alegría que esto nos proporcionaba a todos los que conformábamos el grupo familiar. Oh, señorita Campbell, las tardes en nuestro jardín veían desaparecer nuestras preocupaciones, y todos esos conflictos que a veces, se ocurrían por causa de las influyentes circunstancias.

>>Mi padre, un labriego, forzado a rebuscárselas para proporcionarnos tranquilidad, añadido a un descanso insuficiente, lo

exigía al punto de extralimitarse, poniendo casi siempre su salud en riesgo. Mi madre lo regañaba y el aflojaba. Insistía de nuevo y entonces mi madre lo metía a una pieza y lo regañaba todavía más. El asunto se equilibraba, él entraba en razón y todo seguía como debía ser.

>>Entre todos, ayudábamos en casa, desde la más grande hasta el más pequeño. Los veranos, esas maravillosas y espléndidas temporadas, solíamos refugiarnos en los alrededores, en los verdes pastizales, junto a las corrientes a un lado del camino. Lo hacíamos con el único fin, de poder contemplar y jugar con las grosellas, peonías, mariposas y otras aves que circundaban los agrestes linderos de nuestro amado hogar.

>>Teníamos un plan ingenioso para escabullirnos sobre las peligrosas rocas cerca del mar; y esto es lo que hacíamos: atábamos el extremo de la cuerda a nuestras cinturas y luego lo anudábamos al viejo y firme caballo de Andalucía, cuyo nombre era Colmena —singular nombre para un equino—. Y esto nos permitía adentrarnos sin temor en los diversos vericuetos de los peñones en busca de caracolas, y otros microscópicos seres, así como guijarros, y diminutas piedrecillas de variadas formas y diversos colores.

>>Es por eso que renegué de la fama. No deseaba perder la intimidad de mi vida personal con mi familia. Y en cuanto a mi talento como autora, escribía lo que burdamente el corazón me dictaba. Mi lenguaje distaba de ser estoico, probaba con todos los estilos, desde la aventura hasta el romance, y de ahí hacia el drama victoriano, es decir, un género desencajado totalmente de las telenovelas, las cuales —desde mi punto de vista—, no solo mortifican la sana expresión, conjugando exageración y un dramatismo absurdo. Sino que excusan las correctas interpretaciones, aludiendo empalagosos actos de una irrisoria realidad enfermiza y estéril. No, señorita Campbell, mi enfoque era y debía ser visceral, real, concreto. Un antídoto contra el aburrimiento y la falta de juicios incoherentes —pausa—. Obras experimentales, como una prueba de laboratorio que investiga fuera de los excedentes o la partitura original del misticismo humano, como quiera llamarlo. ¡Esa!, significaba la vigorosa enseñanza

impartida desde el vientre de mi madre. Nada de interpretaciones que tomaban como base las ejecuciones de otros músicos; no, lo mío debía ser original y práctico, ¡totalmente auténtico!, y exclusivamente mío.

>>Por supuesto, tardaría años hasta encontrar las piezas correctas del engranaje responsable que movilizaría a toda la maquinaria pesada, de producción en masa. Usé los métodos a mi alcance de mil formas distintas, sin ostentaciones. Desde narrativas, relatos, cuentos, ensayos, hasta poesía y novela. Y cuando una comprime toda esa estantería en un solo paquete, tiende a ocurrir algo muy peculiar. Es decir, se producen escándalos o se proyectan incidentes con niveles de excelencia, dejando por resultado, maravillosos cuadros dibujados con imágenes a través de las palabras. Pues señorita Campbell, después de un concienzudo y arduo trabajo, los frutos no se hicieron esperar. Comencé ganando un par de concursos, aquí y allá. Un periódico de otro condado se interesó, y me ofreció un puesto. De esa forma fui avanzando, hasta publicar mi primera novela. Llegué a tener miles de correspondencias, y varias revistas hicieron notorias mis publicaciones. Por un tiempo pasé en el anonimato, me aterraba la noción de la fama, guardar distancia, era lo mejor para mí.

>>Luego, al igual que la nieve se derrite en primavera, gradualmente, fui cediendo. Los editores insistieron argumentando que no serviría de nada permaneciendo a las sombras, porque todo formaba parte del juego. Y en cuanto a mis padres. Ellos me apoyaron todo el tiempo necesario, también mis hermanos, bueno, a decir verdad, ellos, estaban chiflados por el éxito de su hermana.

>>Y con el correr de los días, comencé a recibir correos provenientes de América —una sonrisa de afable sentimiento, se dejó ver en su rostro—. El supuesto destinatario de nombre Ralph, se conducía con gentileza y respeto. Lo confieso, en un principio no le puse mucha atención, y él a su vez, a fuerzas de no pretender demasiada insistencia, pasaba un tiempo, y no escribía.

Se detuvo absorta en un recuerdo.

«¿Cómo saber que tu amor era el componente instigador en todo ese periodo de conversaciones por escrito? ¿Acaso si lo hubiera percibido, no habría sabido corresponder como era mi honra? Me enamoraste con las palabras, me hiciste soñar con parajes desconocidos donde solos tú y yo habitábamos, recorriendo por horas, playas desoladas, viéndonos al espejo de nuestras almas y sonriendo al amanecer de nuestro repentino despertar.»

Sintió una extraña sensación que la llevó a interrumpir la entrevista.

—Señorita, Campbell, deberá disculparme, casi lo he olvidado por completo. Mañana saldré de viaje, y debo descansar. Le prometo que, en otra oportunidad, terminaremos esta entrevista.

Se produjo un inesperado desconcierto en el semblante de la periodista. Enseguida, sonrió comprensiva.

—La entiendo, Chelisya. Hay cosas que no se pueden decir de una vez, y que debemos esperar hasta estar de acuerdo con nuestro tiempo.

—Gracias por entender, y por tener la amabilidad de escucharme.

—Guardaré esto para una próxima ocasión.

—Lo aprecio y créame que sea cual sea la primicia de todo lo que pudiera llegar a suceder en el futuro, será suya.

—De acuerdo. Gracias de nuevo.

Una vez que la periodista se marchó. Chelisya, apoyó sus manos sobre la puerta cerrada, y se vio sumergida en una duda imposible.

«Tal vez el hablar precipitó la idea que buscaba madurar. Sin embargo, es lo que siento, Debo regresar cuanto antes, es inútil esconder mi inquietud. Sacaré de inmediato un vuelo para Londres, debo solucionarlo yo misma; si me quedo por más tiempo aquí sin hacer nada, me desangraré viva»

Con sus manos juntas por delante, caminó hasta la cocina.

«Recuerdo esos años previos cuando apenas te conocía, y ya parecías familiar a mis sentimientos. Mi primera novela ya había alcanzado la cúspide cuando recibí tu primera correspondencia. ¡Qué luz traías en ella! Y ahora... he de regresar a la tierra donde perdimos las huellas de nuestro destino, ¡y cuánto dolerá hacerlo!»

CAPÍTULO 2

El timbre del teléfono la quitó de su momento. Recostada sobre la mesada, extendió su mano hacia el dispositivo para tomar la llamada.

—Hola, ¿Beth? —dijo con tristeza y continuó—. No, no puedo seguir con esto, yo... mañana me regreso —negó con la cabeza—; duele demasiado y..., la distancia, en lugar de mejorarlo solo lo empeora. La incertidumbre me está matando, y por eso es que debo irme. Yo... debo encontrar una solución. Tengo que hacerlo. Por mi bien, por el nuestro. Es algo que no puede esperar más.

—Sabía que no lo soportarías —respondió la voz del otro lado—. Solo cálmate por favor.

—Sí, tú tranquila, nos vemos por ahí. Adiós.

—Te espero, hermanita. Cuidado al viajar.

—Lo tendré.

Varios son los recuerdos cargados de nostalgia. Pronto dejará Boston para embarcarse rumbo a Londres. Según ella, no espera encontrar sino asuntos a resolver de forma inmediata.

Mientras estuvo viviendo en suelo americano, creyó que de alguna manera las cosas se podrían llegar a encauzar; el cómo, no lo sabía, sin embargo, creía que podría llegar a suscitarle algún tipo de consuelo. Pero, los días se sucedieron en la más absoluta indiferencia. Y nada la ayudaba a mitigar su preocupación. Supo entonces que, si no se movía, nada surgiría en el horizonte de las respuestas. A raíz de eso, consciente de que de un modo u otro algo debía hacerse. Algo que pudiera arrojar luz sobre todo ese infernal episodio que tan repentinamente, se había desatado sobre su vida, fue que se resolvió retornar a su país con el fin de poder esclarecer sea lo que sea que haya provocado tal desenlace entre ella y Ralph.

Se preparó un café, y extrajo de una caja numerosos sobres de un mismo remitente.

Cinco años atrás, su vida distaba mucho de la actual. Convertida en una notoria escritora, pasaba la mayor parte del tiempo en viajes, firmas de libros y conferencias; y, a pesar de todo, no se sentía cómoda pero tampoco decepcionada.

Y fue justo en esa época, que pasó algo que habría de inclinar la balanza a su favor. Conoció a Ralph, su distinguido amigo, con quien compartía, unos escasos instantes de lectura y escritura a través de la correspondencia; más allá de alguna llamada telefónica.

Él vivía en América y ella en Inglaterra. Fueron dificultosos los intentos por verse en persona. A pesar de ello, Ralph no pretendía abandonar la oportunidad de conocerla un día. Una opinión que muchos de sus amigos no compartían.

—Existiendo tantas mujeres —había dicho uno de ellos—, has elegido una escritora de trayectoria mundial en otra parte del mundo.

—Piensa en esto —le expresó otro—, ella tiene dinero, tú eres apenas un profesor que dicta cátedra en educación física, ¿crees que funcionará?

Ralph solo sonreía, resuelto a seguir camino, e ignoraba cada uno de los comentarios expresados en su contra.

Los buenos y supuestos recursos de ayuda de parte de sus amigos y familiares, hacían trastabillar sus deseos. No obstante, considerándose a sí mismo, un hombre de buen juicio e inteligencia, esperaba siempre lo mejor de la vida, y esta vez, no sería la excepción. Se jugaría el todo por el todo. Vendió su moto y el auto, y compró el boleto de avión que lo llevaría hasta la tierra de la reina madre. El dinero sobrante, serviría para el alojamiento y la comida.

«Sé que no me equivoco con ella. Lo sé porque lo siento. Y lo sé por serios motivos internos. Aun así, estoy nervioso, y demasiado.»

Bebió de su recipiente que contenía té verde y otras infusiones que servirían para tranquilizarlo. Prácticamente, se bebió la mitad del contenido. Se reclinó sobre su asiento y buscó dormir un poco.

Chelisya, por su lado, del otro lado del mundo y sentada en la plaza cercana al aeropuerto, reflexionaba en torno a lo que pudiera llegar a ocurrir.

«Un año perseverando de su parte hasta que logró persuadirme. Y después de otros dos años más por medio de correos y teléfonos, estamos a punto de conocernos en persona. Y en medio de la ansiedad y de los vagos temores infundados... no me siento preparada. Porque, siendo consciente de que una relación a distancia a través de medios tecnológicos no siempre es la mejor vía, dado que una tiende a dudar de que el encuentro pudiera llegar a ser verdadero, es para pensarlo con detenimiento —suspiró y sonrió tímidamente—. Sin embargo, aquí estoy, con mis manos aferradas a su último mensaje, recorriendo con mis ojos los tramos que, hasta el momento, he transitado en un ir y venir por vías y accesos que desembocan en un tintineo de absoluta espera.»

Poco a poco, y mientras desandaba por una calle, fue tranquilizándose. Su mirada denotó confianza sin sentir ahogo ni los nervios que la sofocaban. Hizo una pausa en su caminata, y decidió regresar, esperaría en una de las terminales del aeropuerto.

En esos momentos, Ralph, parecía padecer lo mismo. Un conflicto de emociones que lo embargaban, y lo hundían un estrecho sendero de preguntas y dudas.

El avión ya había tocado tierra.

—¿Se siente bien señor? —indagó la aeromoza al mareado muchacho antes de descender del avión.

—Si... ocurre que alguien me espera en el aeropuerto, y... es la primera vez que la veré.

—Oh, pues entonces, tómese un momento antes de bajar, venga le acompañaré al bathroom. Remójese la cara y aséese un poco y verá que se sentirá mejor. Le alcanzaré unas aspirinas. Le vendrán bien.

—Gracias.

Minutos después, iniciaba el desandar a través del corredor. La corta travesía por el pasillo, se le antojó extraña y metafórica, como la luz al final del túnel.

«Hora de la revelación», se dijo impaciente.

Cabeceos aquí y allá. Hasta que...

«Cielos... ¡es hermosa! Espero no parecerle un tejón americano.»

La mano de ella en alto. El caminar de prisa. El instante en silencio, mientras se contemplaban el uno al otro. Y el: ¡hola!, que llegó con una sonrisa y el cálido beso en la mejilla que terminó por desmoronar todas las paredes.

Al presente, recostada en una silla, Chelisya, apoyó los codos sobre la mesa, colocó las manos en su frente, y lloró al rememorar esas imágenes. El triste recordar de su primer encuentro, aquel que cambió por completo su existencia, le arrancó mudas expresiones de dolor.

«Ralph, mi vida, cuánto te extraño... ¡No sabes cuánto lo hago! ¿Qué puedo decirte en esto invariable minuto? ¿Qué siento la congoja pisotear mi ánimo, y al consuelo abatirse de un modo cruel sobre mis hombros, que ya no lo soporto porque, en definitiva, el miedo me ha torcido la voz hasta provocar un llanto repetitivo y amargo? He soñado con verte. El teléfono no ha sonado, y no he visto señales que delaten tu cercanía. Siento que estos instantes, solo me traen pesar y amargura. Y también he percibido, que la trampa furibunda de todo lo bueno, se ha atravesado en nuestros caminos, sonriendo con agrio desprecio hacia nosotros, mientras declara con un tono incierto un dictamen de represalia, motivando a que la desgracia nos visite, y que predominara no solo un día sino muchos otros, que enseñara sus feos dientes de abrupto quebranto. Y que, en un abrir y cerrar de ojos, certera y endemoniada; expondría tales contradicciones, arrojándose sobre nosotros, solo para separarnos cruelmente, al tiempo que nos empujaba, hacia un vacío profundo, para luego alejarse, toda triunfadora. Condenada insidia maltrecha y miserable.

Nos dejó abandonados... alejados y ausentes, uno del otro —imposible de sostenerse, cayó de rodillas, recostada contra la pared, inmersa en un llanto que azotaba su alma—. Yo... he permanecido esperanzada a que, un milagro abriera las puertas del encierro que te atrapó, y ese vil buitre que desgarró nuestros corazones, se alejara finalmente de nuestras vidas... Pero, no sucedió, y allí mismo permanecí devastada. La angustia atrapó mis manos. Y conjurada con el miedo fantasmal e indiferente, supe que no podría luchar contra ese gigantesco murallón que de repente, se había alzado frente a mis ojos, como un asesino inmortal. Fue así que, los días transcurrieron lacónicos, entenebrecidos... Y a pesar de ello... mi espíritu se contuvo de caer y se afirmó sobre mis pies, lo hizo con una furia desesperada.

>>Día tras día. El amanecer se despertó tantas veces, como el atardecer lo hizo a su hora acostumbrada, sin esplendor ni maravillas, sin vivos colores, ni acordes divinos que ejecutaran sus contrastes o sus resaltados dibujos sobre las nubes y demás regiones... A raíz de ese lánguido cuadro de frío naufragio, me dejé caer sobre las mullidas lágrimas derramadas de mi corazón. Y en ese punto, se perdió mi vida, se extinguió la luz de mis ojos... Ralph, mi amor, no sé qué es lo que haré... simplemente no lo sé. Yo, solo quiero tenerte junto a mí. Es todo cuanto anhelo, amor mío.»

Sus labios temblaron al pronunciar ese querido nombre. Sus lágrimas, esas perlas desoladas provenientes de su herido corazón, corrieron por sus mejillas en un torrente de tristeza. El desconsuelo le ardía como si sostuviera un candente hierro entre sus manos. Nada más cruel y profundo, penetrante, como una amarga revelación golpeando su adolorida alma.

Minutos después, se enjugó las lágrimas, levantó su rostro hacia el cielo y apretó los dientes. Negó con la cabeza, suspiró con pesadez, y tras mirarse las manos por unos segundos, continuó evocando los hechos luego de la llegada a Inglaterra por parte de Ralph. Los cuales se convirtieron en días especiales, mientras visitaban los emblemáticos lugares del país, uno en especial, les resultaba gratificante, y lo frecuentaban a diario. El Clapham Common. A ella le gustaba ver la cara de asombro de su recién llegado americano a tierras inglesas.

Y en tanto recorrían los caminos, hablaban de las cosas simples, lejos de las entrevistas, y de las firmas de libros. Solo eran dos jóvenes en franca cordialidad que dialogaban temas relacionados a sus intereses en el futuro. Idénticos, empáticos.

«No; no fue una ilusión, fuimos compatibles desde el inicio. Conversamos acerca de nuestros sueños y decidimos trabajar a partir de allí. Lo hicimos sin egoísmos, sin falsas suposiciones, totalmente honestos el uno con el otro. Comenzamos una relación con una base firme y exenta de habladurías.»

Echó su cabeza hacia atrás y sonrió al recordar a sus padres. Ellos que encontraban mil razones para no entablar sociedad con extraños, a menos que fuesen seguras referencias, con la llegada del osado viajero, eso cambió rotundamente.

Simple y modesto, Ralph, supo ganarse a sus anfitriones. Y al conocer la labor del padre de Chelisya, no lo pensó dos veces.

—Si le parece bien señor Spencer, podría ayudarlo y con eso, pagaría mi hospedaje y la comida, hasta encontrar otra cosa.

—Mi buen amigo, no estés afligido por eso, es poco significativo para nosotros. Lo importante es que cuides a nuestra adorable Cely, la que por cierto nunca habíamos visto tan alegre y radiante. No, muchacho, eres parte de nuestra familia ahora, si trabajas conmigo te pagaré lo que corresponde, ¿de acuerdo? De todas formas, creo en tu palabra.

Ralph fue consciente desde el comienzo, que debía dejar que las cosas maduraran para alcanzar una buena perspectiva en los pensamientos de Chelisya. En ningún momento se sintió apremiado por acercarse de un modo más íntimo hacia ella. La sutil dama inglesa, lo probó en más de una oportunidad, y en todas, salió aprobado. Y, en medio de las idas y venidas, encontró un modesto lugar donde alojarse, a pesar de los reiterados reproches por parte de la familia de Chelisya.

—Será lo mejor para mí —había dicho en una cena—, un modo de progresar. Ustedes han sido muy amables conmigo, sin embargo...

—Tienes tus propios objetivos —agregó el hombre de casa—, respeto eso, y desde ya, que cuentas con todo mi apoyo.

—Gracias señor, eso significa mucho para mí.

—Ni que lo digas, muchacho, tú y yo no solo estamos emparentados por medio de mi hija, sino por la alianza con tu nación.

Las risas y comentarios sellaron el nuevo comienzo para el joven estadounidense.

Cierto fin de semana, la exultante pareja, había viajado hasta Hastings. A partir de ese punto, recorrieron The East Hill Cliff y se detuvieron gran parte del tiempo en East Cliff at Hastings.

En un determinado momento, Chelisya, lo miró directo a los ojos.

— ¿Estás a gusto conmigo, Ralph?

El aludido se encontraba observando las olas bañando las costas con su espuma blanquecina, cuando la pregunta le llegó, casi como al descuido.

—Si supieras de verdad, los síntomas por los que atraviesa mi corazón, quizás enmudecerías. Si la amistad fue el regalo concedido a este humilde y desconocido visitante, imagina lo que el amor representaría para mí en estos momentos. No solamente me siento a gusto contigo, Cely, me estoy enamorando perdidamente de ti, es una espiral por la cual caigo sin voluntad ni deseo de resistirme.

La aludida lo abrazó recostándose sobre su pecho, y habló desde allí.

—Hasta ahora no pretendía ser circunstancial, y jamás se me ocurrió pensar en el amor como fuente para mi bienestar. Eso es algo que... supuse lejano y... desprovisto de lo que hoy siento. En realidad, no me estoy enamorando de ti, ya lo estoy, lo estuve desde el primer minuto que te vi descender del avión. Algo se incendió en mis pensamientos, y descendió como un torrente de luz hacia mi alma. Yo... pude sentir que mi corazón se detenía fuera del tiempo y el espacio. Y, en cuestión de segundos... lo supe perfectamente, supe que tú eras la otra parte que daría significado a mi vida.

El viento endulzaba el aire con la brisa marina de la tarde, y el beso entre ambos amantes, surgió necesario y apasionado. Muy apasionado.

Los sonidos de la vida actual la trajeron de regreso al presente, a Boston. Ocho meses habían transcurrido de su desembarco a esta ciudad. Y en este preciso momento, se regresaba una vez más a su hogar. No tenía sentido continuar desperdiciando un valioso tiempo en la desdicha de un país lejano. Debía retornar el asunto que la aquejaba. Intentar arreglar las cosas. Era ridículo seguir huyendo, ocultando sus sentimientos sin poder hacer nada. Tenía que combatir cara a cara al enemigo, sea cual fuese este, tomar la delantera, anticiparse y balancear las cosas a su favor.

Sentada en la sala de espera del Aeropuerto Boston Logan International, y portando únicamente un bolso de cuero y pana, meditaba abstraída en un mundo de vívidos detalles íntimos y personales.

«Mi conducta no resultó para nada brillante. No esperé a ver las confesiones. Simplemente, dilapidé nuestra confianza de la misma forma perpleja e irrealizable como sucedió, ¿por qué debió ser así? No pude anticiparme, ni tampoco lo presentí. ¡Ah mujer de cabellos largos! Si así fuera tu inteligencia lo habrías sabido: hasta quizás podrías haberlo corregido, pero no, silenciaste tu lengua, sin horadar en lo incierto, ni calmar el ánimo desalentador del feo infortunio que se abalanzó sobre ti. No, no lo hiciste, por el contrario, asumiste una cobarde decisión, la cual terminó por encarcelar a todos en el más amargo trago... Puerca indecisión la mía, rebelde y obstinada. Insoportable me es todo.»

Sin saberlo, golpeaba con suavidad la frente con su mano derecha, mientras apretaba sus dientes de manera impotente.

—Disculpe señorita, ¿se encuentra bien...? —indagó una aeromoza, sorprendiendo a la joven pensante, que más por inercia que conformidad, asintió con amabilidad—. ¿Hacia dónde se dirige?

Chelisya, suspiró, antes de responder.

—Regreso a Inglaterra —su respuesta denotó esfuerzo.

—Ah, ya veo, si no le importa, me sentaré aquí con usted, y dado que también voy en esa dirección, si bien no es mi vuelo, voy de turismo; a visitar a mis padres.

La inoportuna joven de ojos claros y pelo castaño, de mirada inocente, rasgos regulares, sirvió para amenizar la espera con un poco de conversación. La azafata, atenta y abierta a todos los movimientos de su entorno, quizá debido a su profesión, habló sin miramientos.

—Mi nombre es Chelsea, hace cinco años que soy aeromoza. Y por supuesto, pude haber elegido otra carrera, mis padres también lo desearon. Sin embargo, anhelaba recorrer el mundo, conocer gente, lugares, crisparme los nervios en las alturas y conseguir vuelos rápidos —meneó su cabeza y sonrió—. En fin, lo logré. Admito que en ocasiones es cansador, pero supongo que lo vale, y la fatiga no importa cuando conoces personas de interés, si me entiendes.

—Oh sí, te entiendo. Te gustan los patrimonios prometedores, ¿cierto?

—Ah, sí, y... no; solo en ocasiones. ¿Soy tan transparente? —inquirió con algo de seriedad

—Tu desenvoltura un tanto libertina, y despreocupada aseveración sobre los demás, son los indicativos de tu personalidad, o tal vez me equivoco y solo hablo desde un punto incorrecto. De todos modos, no es de mi incumbencia.

—No lo había visto de ese modo, y puede que tengas razón. De todas formas, no me arrojo a los brazos de cualquiera, tampoco es el caso de tener una baja reputación en los aires o en tierra. ¿Sabes? Me gusta divertirme, pero no que otros lo hagan a mis expensas, pienso las cosas antes de adentrarme a lo profundo. No soy admiradora de los diamantes, pero soy práctica, poco consistente, y eso tal vez, es mi perdición. Como sea, ahorrando un año más volando alto. Finalmente podré pondré poner mi propia empresa de ropa de alta costura.

—Mentalidad empresarial, quizás tengas oportunidad, niña.

—Si, necesito ser objetiva, ¿y tú?

—Un caos, un conflicto de intereses mal encaminado, y debido a eso, regreso a arreglarlo, si acaso puedo, ¿viajas en el mismo vuelo?

—Sí... el 305 de las 11.00

—Pues entonces, a lo mejor te relate una anécdota.

Chelsea asintió encantada.

—Si por supuesto, y mucho más si comprende una historia de amor. Será todo un honor escucharte.

El asiento contiguo de Chelisya iba vacío, por lo cual Chelsea lo ocupó a sus anchas. Durante el vuelo, la reunión se encaminó sin turbulencias a la vista. Antes de comenzar, la narradora de historias pensó que lo mejor sería obviar ciertas partes de su relato, para no parecer una eufórica amargada. Aun así, pareció dudar en si debía o no contarle parte de su vida a una completa desconocida.

«¿Y si es una niña chismosa que se reirá una vez que nos despidamos y hasta incluso use el tema entre charlas abiertas con sus amigos con el fin de divertirse? Tal vez sea una mala idea. ¿Por qué esa vocación de mi parte de dar a conocer una fracción fundamental de mi vida? ¡Siquiera la conozco! ¡Cielos Chelisya! ¿Qué es lo que estás haciendo? ¿Tan mal te hayas en el vagón de los desafortunados que debes contar tu historia a cualquiera que se te cruce en el camino? ¿Qué clase de manía he adquirido en ese alejado universo paralelo en el cual me recluí por voluntad propia?»

—Chelisya, ¿te encuentras bien? —indagó su acompañante de a bordo.

La aludida, se pasó un pañuelo por la cara. Limpió los ojos y asintió.

— ¿Qué opinas de que una completa extraña hable de su vida?

Chelsea la observó por unos instantes, y emitió un gesto de reflexión.

—En la vida puede que lo seamos, y ninguna conozca demasiado de la otra. A pesar de eso, no soy quién para juzgarte, y en el transcurso de estas horas, sé que, si somos lo suficientemente honestas, terminaremos por acercarnos a ese punto de encuentro de hablar y escuchar, algo que parece se ha perdido en los andariveles de la mezquindad. No es que vayamos a ser amigas de forma inmediata. Más allá de eso, y en lo personal, como azafata y asesora de viajes, puedo decirte con toda certeza, que sea lo que me digas dispondré de mi respeto, para guardar todo lo que aquí digas.

Chelisya miró por la ventana y sonrió. Al rato comenzó.

—Todo se consideró [...] para nada resultó ser una rara conducta [...] el punto radicaba en su explicación ante lo sucedido [...] eso no convenció en lo absoluto [...] ¿Qué debía hacer...?

Pasado un par de horas y aprovechando una pausa, Chelsea preguntó.

—Dime Cheli, te has preguntado, ¿cuál ha sido el detonante? —la mencionada la vio sin entender—. De acuerdo, te explico, hasta este momento me has enseñado los argumentos, y los has expuesto breve y concienzudamente, pero, y no deseo pecar de curiosa. Pero... ¿Cuál crees que haya sido el punto cero desde donde se originó tal incidencia?

La joven escritora se mantuvo pensativa por unos momentos. Su semblante entonces, fue adquiriendo un tono sombrío, calculador, de esos que presagian tramas encubiertas. Y en ese preciso instante, en su interior, creyó intuir una ajena perversidad en su relato. Una señal, cuyo significado había pasado por alto, una espina oculta, demasiado simulada para ser detectada. Y lo que pudiera llegar a ser, la llevó a ahogar una exclamación. En ese minuto, su respiración se aceleró.

—Creo que tienes razón Chelsea, a menudo creía tener el cuadro completo; en cambio ahora, acabo de llegar a la conclusión de que no resultó ser de ese modo. Algo se ocultó de mi radar, y no pude verlo; quizá, porque no reunía las condiciones necesarias para emitir una posibilidad de descubrirlo.

Se relajó en su asiento, percibiendo que una repentina y angustiosa iluminación, brotaba desde el fondo de su mente.

Comenzó a sentir los efectos de un súbito mareo. Chelsea con suma calma le acercó una bolsa de papel.

—Tranquila, respira... sí, eso es... despacio, despacio...

Con lentitud la joven escritora, fue recuperando su equilibrio emocional. Buscó su recipiente con agua y bebió gran parte del contenido.

—Perdona si te he abochornado —dijo apenada.

—Es mi trabajo ¿recuerdas? Ver que los pasajeros estén bien.

—Es verdad... gracias.

— ¿Estás mejor?

—Sí... verás, sucedió una cosa, algo que no podría explicarlo. Fue como si, no sé, una repentina visión surgiera de la nada y al hacerlo, colisionara con todos esos fragmentos dispersos, y de inmediato, cada pedazo encajó en su respectivo lugar. Esa inmediata realidad, en apariencia compleja, terminó por quitarme la respiración y, al ver que las piezas ocupaban su sitio, me hizo comprenderlo. No del todo, solo el camino por donde debería ir, y faltó un milímetro para que perdiera la conciencia frente a esa emotiva respuesta.

—Interesante, debo decir, en tal caso, puede que hayas dado con una pista que te conducirá al meollo de tu problema.

—Ha sido todo tan engorroso... que hasta el momento no había logrado identificar nada de nada, siquiera una miserable respuesta que me llevara hasta la próxima estación.

—Me alegra haber podido ser de ayuda.

—El adagio, dos cabezas piensan mejor que una, se aplica a nosotras, ¿no te parece?

—Ciento por ciento, mi estimada compañera de vuelo, y te agradezco el que me hayas permitido escuchar una página de tu historia personal, muy válida e importante, por cierto.

—Ni que lo digas, Chelsea, la que debe estar agradecida soy yo, por tu disposición para oír a una errante vagabunda de la vida.

—Vamos, no te restes importancia, verás que todo saldrá bien.

Durante las horas siguientes, Chelisya, repasó con incansable dedicación todos los hechos. Y; mientras una compartía, la otra preguntaba. Chelisya gesticulaba como poseída y Chelsea le seguía pendiente de cada movimiento en sus palabras. Faltando una hora y media para arribar al aeropuerto de Heathrow, exhausta, la joven escritora, dormía en la quietud de alguien consiente de haber hallado una respuesta importante a un urgente dilema personal.

Al descender del avión, ambas se despidieron con un abrazo, y un hasta pronto. Intercambiaron números de teléfonos y cada quien marchó por su camino.

Chelisya se dirigió a Chippenham, en Wiltshire residencia actual de su familia, en el 56A New Road Chippenham SN15 1ES. Sus padres Henry e Ivy, eran dueños de un Restaurante que llevaban adelante en colaboración con sus hijos Adam, Barin y Beth.

Unas cuadras antes, caminó abstraída en sus pensamientos antes de llegar a la casa. Divagando en los alegres momentos que vivió en compañía de Ralph.

Entonces, una insurgente y demencial esquirla asesina atravesó el cuadro afectuoso, golpeándola con salvaje ferocidad, ahuyentando la amabilidad del entorno, y presionando el avance de la incertidumbre, hasta romper el equilibrio de sus emociones.

«Me lo arrebataron injustamente de mi lado, y hoy presta mi devoción a inculpar a la duda promiscua cuyo objetivo fue desestabilizar mi defensa, dejándome paralizada sin atinar a nada. Y ahora, entretanto regreso a mi hogar, distingo los sitios de nuestro vivaz pasado. ¡Ahí el lugar donde nos besamos! Lo recuerdo: la vieja curva, la hierba recién cortada, el espíritu del aire sobre la fuente y las aves de colores en los muros. Veo las guirnaldas, también las rosas, ninguna me es extraña. Pero también, observo aterrada un presente gris, ceniciento, y cercano al fin. Lo toco con mis manos, puedo palparlo; sé muy bien que nuestras vidas dispersas han sido arrastradas por un abominable viento contrario, que cubrió nuestros semblantes de lágrimas y desolación. ¡Maldito sea el veneno que hirió la esperanza, y la angustia que rompió nuestro encuentro! Hoy todo se ha ido, y el cántico que nos unía ha muerto. La melodía que surgía de mi corazón y navegaba en el tuyo, ha desaparecido sin dejar rastros.

>> ¡Mi amor, cuanto te extraño! No puedo simplificar las penas de mi pecho, me duele, y lo hace hasta el hartazgo. Soy un sepulcro frío cubierto de tierra negra, sin calor, sin el fuego avivando el corazón. ¿Por qué ha sido este nuestro castigo? Yo que miraba sin incredulidad la vida, sin importar el precio, fuiste arrancado de mi lado.

>> ¡Me arrebujo en el polvo de la consternación por no ser más fuerte! Porque desde el interior de mí corazón, ya no puedo contenerme, y no esperaré al consuelo de ser rescatada de tan infiel tormento que destroza mis entrañas. ¡He de ir tras de ti! ¡Atravesaré sola si es necesario, las lúgubres capas del submundo donde has caído, y te traeré de regreso a mi vida! ¡Soportaré las inclemencias en extremo y no responderé ni al amanecer ni descansaré al atardecer! La oscura niebla no me detendrá, pues con mis propias manos destruiré las pétreas columnas donde tu alma ha sido encadenada.»

El agobio de la imposibilidad fue tan fuerte que cayó de rodillas sobre la acera.

—¡Cely! ¡Cely! —escuchó detrás suyo. Su hermana Beth corría hasta ella. Con esfuerzo cogió su pañuelo y limpió sus ojos— Hermanita, hermanita, —dijo tomándola con sus brazos y ayudándola a incorporarse—. Déjame ayudarte, debiste llamarme.

—No puedo Beth, no puedo. Me desgarra por dentro. Lo extraño. Es difícil soportarlo, me aplasta el alma, me sofoca. ¡Cielos como duele!

Apoyó el rostro sobre el hombro de Beth, y sin importarle nada más, lloró sin consuelo. Su hermana afectada por el dolor compartido por Chelisya, dejó también que sus lágrimas la acompañaran en la aflicción.

A lo lejos, el crepúsculo convertido en lloviznas color azafrán, inundaba el horizonte en tristes tonos descoloridos, y envolviendo los últimos momentos de la tarde.

Esa noche, mientras las luces inundaban las calles, las aceras, y los sonidos nocturnos convergían en los alrededores, en la casa de los Spencer, el ambiente reinante producto de la llegada de Chelisya, acallaba los ánimos de todos.

—Se ha dormido —dijo Beth al resto de la familia.

— ¿Qué haremos ahora? —inquirió Adam, su hermano.

—Ha venido resuelta —respondió su padre—. Deberemos apoyarla en todo cuanto sea posible. Ya he hablado con las autoridades, a pesar de que no me han proporcionado demasiadas esperanzas.

—Me parece todo tan descabellado —acotó su madre—; tal vez tendríamos que esperar hasta el juicio, y eso es justo lo que Cely no hará.

—Mamá sin un buen abogado que respalde la declaración de Ralph —expresó Beth—, todo será inútil.

En ese ambiente solemne, frío y desconfiado, la familia se debatía en un mar de preguntas sin respuestas. Un extraño silencio había rodeado la conversación.

Todos sabían acerca del incidente que había desencadenado la aflicción de Chelisya. Todos fueron protagonistas de esas amargas horas.

Chelisya y Ralf, habían tomado un vuelo hasta Madrid, con intenciones de convenir un tour desde allí, hasta pasar por Francia en pos de un largo y bien merecido fin de semana.

Una tarde donde la lluvia había cancelado las opciones de disfrutar al aire libre, y compartiendo el hostal con una excursión proveniente de América, la feliz pareja decidió pasar la noche en la misma casa.

La cordialidad se paseó como una vivaz bailarina oriental, entre alegres canturreos, exposiciones culturales y otras conjugaciones que solían darse en encuentros de este tipo.

Cuando la mayoría del grupo decidió explorar los aires nocturnos. Nuestra feliz pareja, sobrios como se los caracterizaba, decidieron permanecer en el hostal, en iniciaron los preparativos para lo que sería una maravillosa cena romántica a la luz de las velas. Dicha velada fue preparada entre insinuaciones y coqueteos, que auguraban lo que habría de ocurrir una vez que los cirios se apagaran.

De repente, la gruesa mano del Alibe Nocturno, quebró el rumbo de las circunstancias, con una gravedad siniestra.

Un estrépito de luces azules y sirenas aullando en las cercanías, interrumpieron el juego amoroso de los residentes. Chelisya nunca olvidará lo que siguió después. Las órdenes en un idioma extranjero. Los empujones. La mesa deshaciéndose frente a la insurrecta intervención de las autoridades del lugar. La confusión. Los pedidos de explicación por parte de los desprevenidos moradores. Y la policía que entraba como una tromba en la casa, corriendo por las escaleras, en un apuro por revisar las habitaciones, hasta desordenándolo todo.

En cuestión de minutos, la casa había quedado patas arriba. Luego llegaron las averiguaciones correspondientes y las verificaciones de los pasaportes, seguido de las esposas que sujetaron las manos de Ralph frente al desconcierto de su novia.

En un abrir y cerrar de ojos, el caos había irrumpido de manera frenética en las vidas de los jóvenes enamorados. Todo parecía haber salido de un mal argumento hollywoodense.

Chelisya negaba con la cabeza, impresa en una compungida consternación, al ver a Ralph siendo maniatado con brutalidad. Éste, se defendió con palabras que los oficiales no entendieron. Uno de ellos, tomó del brazo a la asombrada mujer, y la saco a rastra del sitio delante de la impotente mirada de su amigo que nada podía hacer puesto que se hallaba sujetado en el suelo por varios agentes. Gritó y protestó, pero todo fue inútil. Sintió que algunos golpes lo aflojaban y terminó por desistir.

—Cuestiones de drogas—, habían dicho.

Días más tarde, después de un reconocimiento, y la oportuna mediación de los abogados de la editorial para la cual trabajaba Chelisya, la joven escritora fue puesta en libertad, con órdenes precisas de ser enviada de regreso a su país.

La aturdida muchacha, no pudo aceptar que solo ella podía ser liberada. Todo resultaba ser una absurda maquinación egoísta e indiferente.

Antes de que firmaran la salida de Chelisya, ambos jóvenes permanecieron juntos en la misma celda. Esas últimas horas resultaron ser de las peores, una ecuación tan desesperante como intrigante. Las preguntas por parte de los locales no cesaban, algunos hablaban en español y otros en inglés.

«Deseo ser transparente como la neblina en invierno —decía para sus adentros Chelisya—, deseo dejar de sollozar por las penurias imposibles de nuestro futuro, y si acaso fuera posible, fugarnos de estas borrascosas paredes que han enjaulado nuestro espíritu.»

Pero solo resultaban ser palabras. Palabras huecas y sin consistencia.

Al día siguiente, hacia la tarde, cuando los abogados se presentaron, se le otorgó la libertad a la joven inglesa. La desesperación de no saber qué hacer, de no obtener ayuda inmediata para la liberación de su novio, la dejaron sin fuerzas, agobiada y desprovista de cualquier respuesta.

CAPÍTULO 3

Un año había transcurrido desde entonces. Un año sin verse, solo ocasionalmente un par de cartas, las cuales provocaban más daño que consuelo. Un día después del arribo a Inglaterra, Chelisya recibió esta correspondencia.

Querida Cely:

Han sucedido cosas en este lugar, las cuales prefiero no mencionar. Son símiles de una parsimonia indecente como violenta. Cada día con sus noches, aprieto mis puños, rogando por estar a tu lado. Sueño con verte sonreír, mirarte a tus ojos y distraerme en ellos por horas. Nuestro amor ha sido nuestra devoción, lo ha sido intenso y cubierto de inquebrantables sucesos inolvidables. Si tal vez en esta tierra extranjera viera por unos segundos tu rostro a mi lado, sería maravilloso. No busco desanimarnos. Pronto las evidencias serán concluyentes de que nada he tenido que ver en tales cuestiones ilegales y entonces, estaremos juntos de nuevo. Te amo querida mía. Mis oraciones son un bálsamo que te incluyen en todo tiempo.

P.D: Continúa escribiendo y cuéntame luego cómo vas, no dejes de hacerlo.

Tuyo Ralph

Luego de leerla con detenimiento, y con lágrimas atravesando sus adoloridas mejillas, Chelisya, tomó una hoja y relató su respuesta.

"Ralph, mi cielo:

No dedicaré grandes palabras para no atormentarte. Estoy afligida, y no te lo ocultaré. Sabes que te echo de menos, y he decidido, sin disgustos, darle rienda suelta a mis emociones, porque es en ese despilfarro de agonía, donde más me siento con esperanzas, sabiendo que nos pertenecemos, sin importar la distancia y las desagradables causas que nos llevaron a esta separación innecesaria. Mi alma está ligada a la tuya, e incumpliría en nuestro trato el ocultar lo que siento. Estoy mal, me siento morir cada segundo, y solo disfrutaré de la vida, cuando estemos frente a frente. No escribiré nada, y no estoy siendo caprichosa, simplemente no puedo tomar la pluma y esperar por la infame inspiración. Acumularé todas estas sensaciones hasta que nos veamos, y solo allí, me deleitaré en la escritura. Pero hasta entonces, mantendré la llama de nuestro romance en alto sin importar el sacrifico. Es todo lo que me interesa por ahora. Te extraño a horrores, y no pretenderé ser razonable contigo. Esto debe solucionarse de un modo u otro. Tengo fuerzas en mi sangre. No nos derribaran con facilidad. Te amo mí vida, y no nos apartaran, eso te lo aseguro. Oro por ti todas las noches.

P.D: Mantente firme visualizando tu libertad, porque sin ti a mi lado, esto no funciona. Tuya por siempre hasta que el universo se extinga, Chelisya.

A la mañana siguiente luego de enviar su correspondencia, llamó a Beth.

—Sin importar lo que te diga me acompañarás sin hacer preguntas. Creo oportuno decirte que hallé una pista de todo este encierro.

—De acuerdo Cely, lo que digas hermana, ¿les diremos a los demás?

—No, partiremos de inmediato a Londres.

—Muy bien, a Londres entonces, ¿seguro no quieres...?

—Ya Beth, recoge tus cosas. Tienes quince minutos para prepararte, te veré en la cochera.

Media hora más tarde, el auto corría por el sureste hacia White Rock Rd.

—Si quieres puedes hablarme de cualquier cosa menos respecto a este viaje —había dicho Cely minutos antes. El carácter jovial y desprevenido de Beth asumió el desafío, y por las próximas dos horas, deteniéndose solo para tomar un resuello, le habló de sus proyectos a futuro.

Pasada la media mañana estacionaban frente al edificio de la editorial North Polar Star. Sus clásicos rudimentos recordaban a las viejas edificaciones del siglo XlX.

—Acompáñame —dijo Chelisya. Su hermana obedeció, sin decir nada.

Atravesaron un vestíbulo, hasta la recepción repleta de gente. Enseguida un murmullo se levantó entre todos los presentes.

—Es ella —decían unos.

—Es Chelisya, es ella —decían otros.

La mencionada, paseo su mirada frente a la admiración de los presentes, y sonrió con gentileza. Una secretaria de gafas algo grandes que sostenía varias carpetas, la recibió con una sonrisa.

— ¡Señorita Spencer!, que agradable sorpresa. ¡Bienvenida!

— ¿Irene se encuentra? —preguntó con seriedad.

La asistente asintió y a punto estuvo de responder, pero Chelisya ya arrastraba tras de sí a su hermana rumbo a la oficina central. La secretaria la siguió con prisa en un vano intento por detenerla. En la mente de la joven escritora, la palabra "detonante y punto cero", resonaban con insistencia.

Sin presentarse, abrió la puerta. La editora en jefe, rodeada de un par de personas, sostenía el teléfono cuando se produjo la irrupción de las tres mujeres.

La asistente se disculpó, aludiendo una imposibilidad de detenerlas. Delante de todos, la mandamás, de semblante austero y ademanes refinados, le pidió que se marchara indicando que todo estaría bien; y al instante, pidió por favor a todos los que se encontraban en la habitación, que se retiraran y aguardasen fuera.

La mujer contempló por unos segundos el impasible rostro de Chelisya, y luego desvió la mirada hacia unos papeles en su escritorio, los cuales cogió y comenzó a ordenarlos. Desde esa postura indagó con fingida calma.

—Chelisya, ¿a qué se debe esta desaforada acción en mi oficina?

—Irene, por favor, dime que no lo hiciste —replicó la autora, a la vez que indicaba a su hermana que se ubicara en una de las sillas.

—No te percibo querida, ¿a qué te refieres?

—Irene, si hay algo particular en mí, además del don de escribir, es reconocer las intenciones de las personas.

—Me tienes en ascuas, linda.

—Has desestimado nuestra confianza, y reconozco que al principio no me di cuenta de tal desconsideración de tu parte. Mi estima por ti era amplia y generosa, pero tras analizarlo en profundidad, encontré cabos sin resolver, como, por ejemplo, la prontitud de tus abogados para sacarme de ese antro, un morboso pozo en extremo peligroso para incautos inocentes. ¿Fuiste tú? ¿De verdad lo has hecho, Irene? ¡Y pongo por testigo al cielo y a mi hermana de que tengo la razón!

— ¡Ah ya que! —exclamó la mujer levantando los brazos— ¡No escribías! Incumpliste los tiempos para la entrega de tus libros, ni tampoco respetaste nuestro acuerdo para los plazos, y cómo te habrás dado cuenta, querida, existe un contrato de por medio, un bendito contrato que tú, no llevaste a buen término —se puso de pie y la miró por unos momentos—. Y todo por parrandear con un tonto americano. Deberías saberlo Chelisya, ese sujeto estaba contigo por tu éxito, ¿de qué otro modo lo explicas? Si continuabas por ese camino, de seguro lo perderías todo. Y puesto que tú no serías diligente en tus obligaciones, decidí actuar en tu lugar, y de ese modo, tomar las riendas del asunto. Lo hice para protegerte, Chelisya.

Los hermosos ojos de Cely se convirtieron en dos burbujas ardientes de enojo. Beth se hallaba inmóvil como una presa ante una feroz serpiente.

— ¿Para protegerme? —dijo exhibiendo un gesto de sorpresa—. Últimamente, esa expresión se está convirtiendo en todo un cliché, y es tan absurda tu compresión de los hechos, Irene, que no puedo creerlo, simplemente no puedo. ¿Cómo te has atrevido? Siempre he estado cuando los tiempos así lo requerían. ¡Jamás falté a una presentación o a una firma de libros, ni a ninguna conferencia, y mucho menos, a esas estúpidas invitaciones fuera de lugar que tú me enviabas a deshora! Sabes muy bien que me volcaba a mi trabajo como un deber, sin importar las horas ni los viajes. Siempre estuve ahí para ti, incluso para promocionar libros que no eran míos —hizo una pausa— ¿Qué fue lo que has hecho? Dímelo Irene.

La mujer la vio directo a los ojos.

—Hice una llamada a la embajada de Madrid —espetó, y se apartó de su escritorio—. Entiéndelo linda, debía hacerlo. Y tal vez no comprendas lo complicado de tu situación, pero yo sí lo hago. Y, sin mediar nada, tu consideración hacia mí, ha sido injusta, por tanto, debía organizar un rescate para ti. ¡Entiéndelo Chelisya! Desconocía tus movimientos. Mira si algo te sucedía, jamás me lo hubiera perdonado. Como lo veo, es y ha sido, mi obligación cuidarte. Tomar los recaudos necesarios para evitar que cometieras una tontería. Simplemente, no podía permitir que te extraviaras en los brazos de un hombre al que poco conocías.

— ¡No es ningún desconocido! —exclamó la muchacha al borde de sus emociones—. Siquiera alcanzas a percibir la realidad de todo esto ¡Nos amamos, Irene! He encontrado el amor junto a Ralph. Él vino a ocupar una parte importante de mí. Me... me permitió confiar y me apartó de la infructuosa soledad, ¿y tú lo involucraste en un acto criminal? ¿Qué clase de persona eres?

—Yo... no sé qué quieres que haga —respondió, alejándose hacia la ventana, y mientras movía sus manos en señal de no poder brindar una solución.

—Tienes que sacarlo de ese horrible lugar, tienes que hacerlo, me lo debes.

— ¿Qué obtendré a cambio? —dijo en un tono desafiante sin dejar de contemplar el exterior a través del ventanal. Chelisya, con sus manos apoyadas sobre la mesa de caoba apretó sus labios mientras las lágrimas sonaban sobre la superficie como el ligero eco de un lejano adiós.

—Terminaré el libro —respondió entre dientes, mordiendo su enojo—; y añadiré una segunda entrega. Y asistiré a todas las reuniones y firmas que digas.

—Incluso los eventos de otros escritores y conferencias. Y —volteó a verla—, también me concederás los derechos de publicación de tu libro de poemas victorianos.

Chelisya alzó su mirada hacia la figura de la cual pendía la respuesta para su situación con Ralph. Beth se incorporó con lentitud.

— ¿Cuál libro de poemas, Cely? —dijo casi en un susurro, reflejando un agudo pesar— ¿*Sombras Inocentes*? ¿A ese se refiere? ¡Ese libro es mío!, me lo prometiste Cely, son míos... los poemas...

—Shh, confía en mí —respondió por lo bajo de modo que solo su hermana escuchara

— ¿Y bien? Estoy esperando.

Sus ojos se posaron sobre una gran construcción de varios pisos, que se hallaban del otro lado de la acera.

«Acepta mi golondrina, y con lo que saque de tus libros, por fin podré adquirir ese nuevo edificio.»

—Si, de acuerdo acepto.

—Lo quiero por escrito, linda.

—Lo tendrás, solo cuando Ralph esté en libertad. ¿Cuándo lo harás?

—Eso déjamelo a mi querida, esto es asunto de abogados y embajadas, todo se resolverá. Partiendo de que hoy es martes, para el fin de semana, presumo tendrás a tu americano contigo; pero, antes de nada, firmarás nuestro convenio.

Irene cogió una carpeta de color rojo y extrajo del interior de la misma, un contrato. Se lo dio a Chelisya y aguardó.

Con los ojos húmedos y expectantes, la joven escritora firmó cada una de las hojas.

—Ahí lo tienes, ahora cumple con lo que prometiste.

—Así se hará, tienes mi palabra. Ahora, ¿se pueden retirar por favor? Debo concluir con la reunión que ustedes interrumpieron.

Ambas hermanas abandonaron la oficina.

De regreso en el auto, ninguna de las dos habló por un largo rato. Entonces Beth, rompió el silencio.

— ¡No lo aguanto, detente, detente por favor Cely! ¡Oríllate!

Así lo hizo, y como un rayo su hermana saltó fuera del auto inclinándose sobre la hierba a un lado de la carretera sintiéndose sofocada.

— ¿Te sientes bien, Beth?

— ¡No, no me siento bien! —respondió limpiándose su boca con un pañuelo— ¿Qué clase de mujer es esa? ¡Y cómo pudiste entregarle mi libro de poemas, Cely!

—Beth por favor, cálmate y confía en mí. Tengo un plan.

— ¿Un plan?

—Esa vieja almidonada no pondrá una mano en mis poemas. Vamos, regresemos al auto y volvamos a casa. Estoy famélica y cansada

—Esa mujer es de temer, me produce escalofríos, y eso que he visto Alíen.

—No sabe con quién se ha metido, no me intimidará con sus papeles e influencia burocrática, me tiene sin cuidado sus amenazas; mira —un pequeño grabador de periodista se balanceaba en su mano—. Solo necesitaba teatralizar un poco para lograrlo.

— ¿La grabaste? —expresó con asombro Beth—. ¿Grabaste todo...? ¡Espera, un segundo!, me estás queriendo decir que, ¿fingiste llorar y todo eso?

—Necesitaba hacerlo creíble para que cayera en mi trampa. Ella nos puso una y yo le devolví su caldo venenoso.

— ¡Carajo, niña! Sí, que tienes valor en tu alma.

—Por supuesto, me crees tan tonta como para enfrentarla sin un plan de respaldo. Ella cometió un error al involucrar a un inocente, y eso es una ofensa muy grave. Tendrá sus abogados, pero aquí tengo evidencia contundente que puede ir a parar a los medios si se me antoja. Te lo dije, confía en mí. Ya verás cómo todo se arregla.

En el rostro de Beth, se vio reflejado cierto orgullo y satisfacción por la audacia de su hermana. Resultaba ostensible que estaba acostumbrada a lidiar con este tipo de complicados reveses, porque afrontó el dilema con un coraje encomiable y una actuación, digna de un film dramático. Era indiscutible que tenía un dominio absoluto para poder alcanzar su objetivo.

Por otro lado, para Chelisya, si bien la esperanza de un arreglo había amanecido en su corazón, no estaría tranquila hasta que todo el problema se solucionara de una buena vez.

Ya en la casa, Cely pidió a Beth que preparara café y unos pastelillos para todos, al tiempo que ella se asearía un poco y después ambas comentarían lo sucedido a su familia.

Fue hasta su habitación, se quitó la ropa, y se envolvió en una toalla. Su mano se detuvo en la manivela del baño, luego se recostó sobre la pared y se deslizó hasta el suelo. La humedad en el ambiente se convirtió en un vapor neblinoso. Cansada, adolorida de los hombros, se aferró las piernas y permaneció reflexiva. La expresión de su rostro había cambiado. Un aspecto duro se descolgó sobre sus ojos.

Afuera comenzó a llover. Una lluvia de otoño con pinceladas grises atrapadas en los remolinos que el viento levantaba como un reproche. Como una ruidosa protesta contra los oscuros pensamientos del hombre.

Una hora más tarde, Chelisya bajó por las escaleras, con un serio semblante. La conversación se desarrolló sin omitir detalles. Todos prestaban atención a sus palabras. Su madre en varias ocasiones quiso interrumpirla, pero su esposo se lo impedía. Demás está decir que al final del relato, todos querían colgar a la editora en jefe. Pero ese, no era el sentimiento que se albergaba en el corazón de la joven autora. En ningún momento se le cruzó por su mente tomar algún tipo de represalia, simplemente quería lo justo, y sabía cómo obtenerlo. Cerca de la noche hizo una llamada a Camile, donde le expuso todo lo ocurrido. Las exclamaciones del otro lado se hicieron escuchar.

— ¡Cely por todos los cielos! ¿Por qué no llamaste antes? No importa. Mira. Escucha, mañana haré unas llamadas y me contactaré con los de la embajada, y luego te llamaré, en todo caso viajaremos en los próximos días cuando tengamos todo resuelto. ¡Válgame mujer!, deberías haberme consultado primero —suspiró y continuó en un tono más calmado—. Es igual, aún estamos a tiempo. No te preocupes linda, iré contigo y lo resolveremos juntas. Mañana me pondré en contacto con todos, y luego te llamaré, ¿de acuerdo?

Después de la conversación con su amiga. Se recostó sobre su cama, y observó el techo, recordando los hermosos momentos que había disfrutado en compañía de Ralph, desde el amanecer hasta el atardecer, en las riberas junto a los lagos, cerca de los muelles y esas interminables charlas alrededor del fuego en las playas. ¡Cuán gratificante había sido todo!

Poco a poco sus ojos se fueron cerrando. La fatiga la dominó. Y todavía vestida, se durmió.

CAPÍTULO 4

A la sagaz escritora, se le hizo interminable la llegada de su amiga. No podía leer ningún libro ni mucho menos escribir, como tampoco entretenerse caminando, que era algo que gustaba hacer.

Solo cuando supo que Camile había arribado al aeropuerto se sintió con el ánimo renovado. Escoltada por dos caballeros que vestían finos trajes, saludó a su amiga.

—¡Cely! ¿Cómo estás mi cielo?

—Bien, Camile, gracias por venir. Aprecio mucho tu esfuerzo en estos momentos.

—Soy tu amiga, querida. ¿Cómo pretendes que me quede de brazos cruzados? —la aludida esbozó una sonrisa de agradecimiento. Camile, aprovechó para presentarle a sus acompañantes.

—Este es el señor Hagen Robert de la embajada de EE. UU, y él, el señor Ferguson Clay, de derechos humanos, ambos son abogados y ya están al tanto de tu caso, también les conté de tu grabación, ¿la tienes...?

—Si, aquí está, siempre la llevo conmigo.

—Muy bien, ellos se ocuparán de ahora en más. Vamos a tu casa.

Durante el regreso, se detuvieron en un lugar para comer algo.

—Si no fuera por Beth, mi familia y tú, me perdería en las sombras inquietas de un condenado final. Agradezco al cielo por eso.

—Cuando los cabellos caen, otros le suceden —dijo Camile—. Tu vida es insostenible por el agravio de esta mujer, tanto más por la dolorosa y desagradable distancia que te separan a ti, de Ralph. Y esto, hace de tu existencia, una especie de rezumo frío y detestable. No eres de las que abrigas falsas expectativas por nada, y por esa misma razón, te digo que no desesperes. Dios fortalece al jadeante, y muy de tanto en tanto, un milagro deja caer del cielo para sus desprevenidas almas.

—Lo sé, y es por eso que he dejado de llorar. Nunca había soltado tanto llanto en mi vida.

—Cely, tu impresión es clara, y te entiendo. Fuera de todo esto, te aconsejo que comamos algo antes de continuar. Si vas a esperar a ese chico tuyo, que te vea bien y no como un espectro llorón.

—Tienes razón. Menudo espectro me he convertido.

—Vamos, y mejor ese ánimo que las cosas están a punto de resolverse.

Camile se alojó unos días más en el hogar de los Spencer. Ella sabía lo que estaba sucediendo a nivel jurídico. Pero de igual forma, no quiso importunar el ya preocupado estado emocional de su amiga. Con regularidad frecuentaba Londres llevando a cabo el itinerario propuesto por sus allegados para regularizar la situación legal de Ralph, y de Cely con la editorial. Chelisya, siquiera conocía el desenlace que estaba a punto de ocurrir en su vida.

Cuatro días después de haber pisado Londres, Camile, muy temprano en la madrugada pidió a su amiga y a Beth para que la acompañaran a dicha ciudad, más precisamente al aeropuerto.

—Querida, necesito que seas fuerte ahora —dijo con seriedad la directora de Boston antes de subir al auto. La mencionada miró a Beth, se tomó las manos y se acercó donde ella.

—No entiendo, Camile... ¿Qué es lo que pasa? —dijo aferrando con suavidad el brazo de su hermana.

—Pues, nada. Solo lo digo para que no te desmayes cuando veas a tu prometido —dijo sin cambiar su semblante. Cely se detuvo en seco, contempló a una y luego a la otra.

— ¿Qué es lo que acabas de decir?

—Ya ha sido liberado, y viene en camino.

Chelisya llevó una mano a su boca ahogando un grito, retrocedió unos pasos y se inclinó hacia adelante

— ¿Es eso cierto? —dijo entre sollozos repentinos.

—Amiga mía, acabo de decírtelo; él ya está al llegar. Iremos a esperarlo al aeropuerto.

Chelisya terminó por caer de rodillas rompiendo en llanto. Beth se acercó a ella y la abrazó.

Durante el trayecto cuando las emociones se fueron tranquilizando. Camile decidió narrarle más o menos de cómo había concluido la trama.

—Oh cariño; ni bien Irene escuchó a mis abogados, ella intentó exponer su jurisdicción como ciudadana arbitraria de este país, argumentando un perfecto sentido de la justicia. Más tarde, cuando ellos intervinieron durante la conversación que mantuvieron con dicha propietaria de la supuesta "razón y justicia", y al presentar estos, tan notable evidencia visible y gráfica como lo fue tu grabación, la palidez tomó cuenta de su rostro. Ten —dijo extendiéndole una hoja escrita—; he aquí una carta redactada que habla acerca de la resolución objetada en contra de Irene.

Señora editora en jefe, consideramos que usted es una mujer bienintencionada, por lo tanto, sin manifestar dureza en contra de usted y de su oficina, he aquí una evidencia circunstancial de que ha estado involucrada en un incidente no muy pequeño a escala internacional. No es nuestro agrado presentarnos de este modo, sin embargo, viendo su proceder ante nuestro cliente, y en vista de su posición al proporcionar una falsa acusación en contra de alguien extranjero: le informamos que ha incurrido en un grave y potencial delito incriminatorio contra un inocente no residente en este suelo inglés.

Habiendo dicho esto, recurro a su juicio para esclarecer este turbio asunto del cual usted es protagonista y cómplice. En caso de no corresponder con criterio y absoluta franqueza ante estos elementos, nos veremos en la tarea no solo de presentar las evidencias en el consulado de nuestra nación, sino también en la embajada de España, con lo cual se verá involucrada en un acto de instigación al inculpar de manera ilegal, a una persona no residente. Posteriormente, llevaremos a la justicia toda nuestra declaración para que sea presentado ante la corte como corresponde, sin mencionar el hecho de que los medios de comunicación también serán informados; dejando así al descubierto, el ardid de su entramado plan incriminatorio. Es por esta razón que, hemos de pedirle lo siguiente: tenga usted a bien de presentar una garantía formal de su decisión con la señorita Spencer

Chelisya, además de una voluntaria colaboración en el caso del señor Ralph, cliente al cual representamos. Buenas tardes.

—Verás amiga —prosiguió Camile—, luego de presentar Irene, verbalmente, toda clase de represalias que podían existir, y al no poder continuar por otros canales, decidió ceder, demostrando con ello que, el sentido común, era mucho mejor en esos momentos que tratar de imponerse con su férrea voluntad, su autoridad ilegítima. Demás está decir, que formalmente se presentó ante el consulado español para pedir disculpas asumiendo que todo se trataba de un error. Y como sabrás, los españoles no gustan ser presionados por ningún tipo de juicio político o de índole internacional, por lo que —suspiró sonriente—, el caso está cerrado, y el prisionero liberado. Y; algo más, no tendrás que firmar nada, todo ha sido arreglado, cada vez que debas ver a Irene, un abogado te acompañará, y despreocúpate de sus honorarios, también han sido acordado. ¿Te agrada esta resolución, querida?

Chelisya se sintió mareada, sin saber que decir.

—No sé cómo pagártelo Camile, no sé cómo...

—Cely, yo jamás podré pagar por lo que hiciste aquella vez cuando mi vida se hallaba en una terrible encrucijada, ¿lo recuerdas? Así que olvídalo, nena. Estoy feliz por ti. Por todos, debo decir.

Durante el recorrido prosiguieron el teléfono de Chelisya, recibió un mensaje, Al abrirlo, frunció el ceño.

Eres astuta como una afilada serpiente. De todos modos, y a pesar de nuestro último encuentro, he decidido no seguir adelante con nuestro acuerdo, te eximo de todas tus garantías para conmigo y la casa. No podría continuar, sabiendo que, de un momento a otro, algún demente pudiera surgir en un futuro cercano, y en su inanidad y exagerada opinión, pueda ser posible de llevar a cabo algún hecho que trunque los caminos de ambas. Considérate —sin amenazas ni resentimientos— advertida. Cuando quieras, ven con tu abogado para dimitir de tu contrato. No espero nada más de ti. En la solvencia de que colaborarás con todo, me despido. Irene.

—Se sorprenderán de lo que acabo de recibir —dijo con una expresión de asombro.

Relató el mensaje en voz alta.

—Vaya vuelta de tuercas —dijo Beth.

—Creo que será lo mejor —dijo Camile.

—Opino lo mismo. Me alivia saber que ya no debo responder a ninguna de sus ridículas propuestas.

—Eres una agente libre, entonces —asumió Camile—. Si me lo permites, te buscaré una editorial con la que puedas sentirte a gusto.

—Eso sería estupendo. Gracias.

Las horas previas al arribo de Ralph, fueron insoportables para Chelisya. La ansiedad se disparó en ella, provocando un sensible estado anímico. Pero dado el nivel de proximidad de un momento por el que mucho había esperado, lo más lógico sería que se calmara. Obviamente ella pensaba en esto y que el temor constante que sentía, puede que no sea tal sino una extraña sensación provocada por sus nervios. Sin embargo, no bien terminaba por disiparse tal conclusión, la duda la atacaba en vilo. Se ajustó el cuello de su camisa y se dispuso a tratar de mantener la compostura.

Cerca de la nueve y treinta de la mañana, con un retraso de poco menos de media hora el vuelo LA 5842 procedente de Madrid arribaba al aeropuerto Heathrow.

Las expectativas de todos eran altas. Camile y Beth de continuo miraban a la muchacha, quien parecía imperturbable ante el cercano acontecimiento.

Los pasajeros del vuelo, iniciaron su salida. El corazón de la dama palpitaba a punto de salírsele del pecho. Era irritante tal clamor, pero no podía hacer nada para detenerlo.

Los sonidos del aeropuerto se habían silenciado para ella. Su mundo había comenzado a girar una vez más, sin restricciones, oportuno y propio.

Y entonces, como salido de una estampa de guerra con el brazo sostenido por un vendaje, un par de moretones en el rostro y un semblante preocupado, una robusta figura asomó por entre la multitud observándolo todo. Su mirada inquirió a su alrededor, buscando eso maravillosos rasgos que conocía de memoria, y que, por mucho tiempo, lo habían acompañado. De pie, sosteniendo una desgastada mochila, el recién llegado buscaba a su prometida.

La desesperación de una separación forzosa estaba a punto de terminar. El tiempo se detuvo frente a él. Recorrió con su vista apartando las imágenes innecesarias. Hasta que sus ojos la distinguieron.

Contempló las lágrimas que recorrían el exquisito rostro de su novia y amiga inseparable, como finas cuentecillas. No pudo moverse, la escena lo conmovió hasta lo más íntimo. El instante le resultó un sueño. Chelisya permanecía inmóvil, mientras que, en su entorno, el murmullo agitado de los vaivenes no inmutaba su momento. Ralph sintió como si un gran peso le hubiera sido arrancado de repente de sus hombros. Y fue allí, que ella corrió sin apartar su mirada de él. Corrió y corrió temiendo que, de repente, algo surgido de cualquier parte pudiera arrebatarle la realidad que disfrutaba de esos momentos. Apartó de un manotazo tal siniestro pensamiento y se arrojó sin discreción a los brazos de Ralph. Su llanto de explosiva alegría se exteriorizó con fuerzas. Los ojos del recién llegado se humedecieron con rapidez.

—Cely... —dijo con voz entrecortada, pero ella no respondió.

El abrazo fue la extensión de una atmósfera donde se respiraba la libertad y la vida. Metros delante, Camile y Beth observaban emocionadas, y durante el beso, la primera sugirió a la segunda aguardarlos en la playa de estacionamiento.

—Démosle tiempo, pequeña —propuso Camile—. Ven, vayamos al auto.

Avanzaron con lentitud por medio de la convergente marea de pasajeros. Sin que el tiempo los corriera, sin prisa.

Afuera, Chelisya, lo guio por la acera hasta la playa de estacionamiento, con una sonrisa de oreja a oreja.

—Ella es Camile, la responsable de que hoy estés conmigo. Camile, te presento a Ralph

—Es un honor poder finalmente conocerla, señora —dijo Ralph—. Estoy infinitamente agradecido por su molestia y ayuda.

—No solo he sido yo, mis abogados y la interesante evidencia aportada por mi amiga, tuvo mucho que ver. Un gusto poder conocerte. Y... a ver si ahora que estás aquí, mi amiga deja de llorar un poco.

Beth se asomó por detrás del auto.

—Hola americano loco. No te has metido en problemas, ¿verdad...?

— ¡Beth, la niña de las trenzas! ¿Cómo has estado?

Se produjo un cálido intercambio de saludos y bienvenidas. Luego de lo cual, pusieron rumbo a Chippenham.

Recostada sobre el pecho de Ralph, Chelisya miraba las ondulaciones de los agrestes campos que enseñaban los diversos rincones de los paisajes.

El muchacho agradeció el recibimiento que la familia de su novia le prodigaba. Se sintió incómodo. El efecto le duró un rato. Suspiró emocionado y pensó que sería bueno relatarles algo de su paso por las oscuras prisiones de España. Esperó a que todos terminaran de almorzar.

—Me gustaría decir algo —dijo con una ligera sonrisa

—Si es parte de tu cautiverio —interrumpió su novia.

—Sería una forma de sacarlo de mi sistema y compartirlo como algo que definitivamente quedó atrás.

—Un hombre que no teme a su pasado y enfrenta el futuro con honor, es digno de ser escuchado —agregó el jefe de familia.

—¡Papá!

—Hija, tu chico desea compartir su experiencia. ¿Te rehusarás a ello?

—No... pero es que...

—Estoy bien, Cely. Necesito hacerlo, si están dispuestos a oír.

—Anda mi aventurado corsario —dijo Beth—. No hagas caso a tu novia y cuéntanos.

No hubo más objeciones.

—Bueno, —comenzó a decir el invitado—, tiempo después de que Cely se marchara, transcurrió otro tanto, hasta que fui trasladado a una nueva dependencia policíaca. Los agentes habían demostrado un vivo interés en mí, y tras varios interrogatorios, decidieron dejarme en paz hasta recibir nuevas órdenes, que les indicara lo que debían hacer conmigo. Demás está decir, lo insufrible que resultó la situación durante esos inquietantes días. Los españoles no eran en lo absoluto tontos o carentes de experiencia de ningún tipo, y uno que otro, sopesaban que algo no andaba bien. Si fuese colombiano, rumano o argelino mi suerte habría sido distinta. Pero al ser un americano sin antecedentes penales, todo el asunto, le señalaba que algo no andaba bien. Las pruebas en mi contra, no resultaban estimulantes para ellos. Y debido a tal motivo, una pequeña duda se generó en ese lugar, sin esperarlo, me aferré al hecho de que no disponían suficiente causa en mi contra.

>>Con el correr de los días me trasladaron a una correccional, y allí... en el curso de mi flamante estadía, intenté buscar un traductor o alguien que hablara mi idioma, para mi sorpresa un colombiano había visitado por varios años mi país y..., aunque imperfecto y rústico, no le resultó ser un problema. Con rapidez entablé una, diríamos vaga amistad, que, sin embargo, me ayudó con varias cosas. Infortunadamente, y por algún ajuste de cuentas, murió en una reyerta multitudinaria entre nigerianos, rumanos y africanos. Durante la escaramuza, me escabullí como pude. Y todo ese alocado lío, me recordó a los films que solía ver en mi casa.

>>A pesar de ello. Tiempo después, un abogado solicitado por la corte española intentó averiguar acerca de mi vida y... la relación con los demás americanos encausado. El sujeto en cuestión, resultó ser un escaso profesional poco dado a la justicia, y en su interesante indagación acerca de los posibles hechos incriminatorios, lo único que deseaba era establecer un punto de contacto entre la droga incautada y yo, y por supuesto, con el resto de los involucrados. Respondí a todas y cada una de las preguntas que me hicieron. Vez tras vez, a toda hora, de madrugada, por las mañanas y al atardecer, durante dos semanas. Llegué a un punto... en el que me hallaba exhausto, malhumorado, agotado emocionalmente, y a pesar de todo eso, siempre respondía con hábil coherencia sus cuestionarios, lo cual parecía frustrarlo todavía más.

>>Una tarde, se ubicó en su silla, me observó compadecido, pero sin arrojar ningún tipo de apreciación y ni un atisbo de comprensión hacia mi persona. ¿Por qué habría de tenerlo? Después de todo, era un funcionario público y no me debía nada. Por el contrario, por unos momentos tuve la certeza de que me arrojaría un dato condenatorio, Pero no lo hizo. Mantuvo su semblante grave, hasta que finalmente, me dijo en un severo inglés:

—Usted no ha hecho nada. A usted lo han incriminado mi amigo. Lamentablemente no puedo hacer nada, solo decirle que ore y tenga fe de que algo pueda sacarlo de aquí.

>>Recuerdo que esa noche no pude conciliar el sueño. No comprendía las sazones de mi enclaustramiento, era ineficaz en mi voluntad para decidir, y solo la esperanza de recuperar la vida con Cely, resultaba ser el único el motivo para no desfallecer.

>>Cierto día, un nigeriano me reprochaba algo en un idioma desconocido, me siguió por varios días vociferando palabras ininteligibles. Casualmente, en medio de estos provocativos dilemas entre reclusos, y en reiteradas ocasiones, me trasladaban hasta la sala de interrogatorios. Una vez ahí, comparaban mi situación actual con lo proyectado por el abogado anterior. Pero esta vez, los profesionales resultaban ser más distinguidos, además, contaban con un buen desempeño a nivel judicial. Mi consciente percepción indicaba que las cosas estaban conduciéndose por otro camino, y deduje con esperanzas que, de alguna manera, Cely estaba detrás de todo esto. Faltando un reducido tiempo para salir, fui emboscado en uno de los pabellones por un grupo de nigerianos. Me defendí tanto y como pude, y cuando ya parecía todo resuelto en mi contra, unos africanos salieron en mi ayuda, golpe va golpe viene, caídas, tropiezos. ¿Para abreviar...? Un brazo fracturado, una costilla rota, y varios moretones fue el saldo de la pelea, y he de suponer que esto decidió acelerar mi partida del lugar. El resto es historia.

—Sales en libertad —me alertó uno de los abogados del país—. Solo sin prometes, no regresar jamás al nuestro. No buscarás admisión de ninguna clase con ciudadanos de esta nación. Firmarás un acuerdo y se te absolverá de cualquier cargo estipulado en tu contra, etc., etc.

El silencio al terminar su relato duró unos segundos, luego el señor Spencer brindó en su honor.

Pasado el mediodía, Camile anunció el regreso a su país. Chelisya la abrazó con fuerzas.

—No bajes tu guardia ante nada chiquilla —dijo la directora— somos fuertes porque somos mujeres y por ello damos a luz generaciones, impartimos la promesa de buenas cosas y, además, hemos sido hechas para transmitir fortaleza. Nunca olvides eso, mantente firme en tus aspiraciones, amiga mía.

—Gracias Camile, de verdad gracias por todo. Esto no lo hubiese logrado sin tu maravillosa intervención. Has sido una respuesta a mi súplica

—Ni lo digas cielo, también te lo debo, ¡cuídala muchacho, es un bien preciado! Y no se olviden de visitarme, los estaré esperando.

Un par de horas después, Camile se alejaba del hogar de Chelisya. Los jóvenes la saludaron hasta que el vehículo se perdió en una curva.

—Es una gran amiga, —dijo Chelisya—. Una como pocas.

—Si, ha sido todo un honor —respondió Ralph balanceando el abrazo, hizo una pausa y preguntó— ¿Qué haremos ahora...?

—No lo sé, supongo que amarnos hasta que las estrellas mueran y el universo vuelva a nacer.

El atardecer los visitó atrapándolos en sus rojizos baños de luminiscencia crepuscular. Con lentitud, el muchacho venido de tierras lejanas, se acercó hasta la bella dama inglesa y la besó con delicadeza. El beso se dibujó como una promesa de amantes, alcanzada más allá del tiempo y de la ocasión. La espera había terminado, y el viaje apenas comenzaba. La joven pareja avanzó hasta el lecho donde el romance les abriría las puertas del sello amoroso, sumergiéndolos en un oasis de dulce entrega, inmersos en el carácter sosegado de aquel último atardecer de otoño.

Eli Key

About the Author

Eli Key, de 22 años; oriunda de Gualeguaychú. Provincia de Entre Ríos, Argentina, es estudiante de marketing y trabaja como niñera para poder pagarse sus estudios. A partir de los doce años comenzó a escribir, y no fue hasta que leyó a Charlotte Brontë ya sus hermanas Anne y Emily, que comenzó a interesarse seriamente en la literatura. Después de conocer a Emily Dickinson; Richard Bach; Patrick Leigh Fermor; Megan Mayhew Bergman y Joan Didion, entre otros; se decidió a incursionar en ideas más decentes y prolijas, relativo a la narrativa y a las prolijidades de los textos. A partir de los dieciocho años, se arrojó de lleno a escribir todo cuanto pudiera salir de su pluma. Después de probar en varias plataformas digitales y de explorar los blogs, se decidió autopublicar en Draft2 Digital. Y mientras el país donde vive se debate en un mar de angustias y déficit económico; ella se esfuerza cuanto puede para depurar sus obras. *La vida no es fácil, se hace lo que se puede con lo que se tiene, pero al final de una tormenta siempre sale el sol;* es lo que dice siempre.